Cette année-là

Du même auteur

Chez Bookedition

Nouvelles :
Le hasard seul est merveilleux
Seuls les fous conservent l'oubli
Parts d'éternité

Romans policiers
Saveurs assassines
Parfum d'hier
En toute amitié

Romans
Grands vents
Le secret d'Elsa

Chez BoD éditions

Nouvelles
Les Saisons invincibles

Roman policier
Vive la mariée

Textes courts
En toute indiscrétion
Comme par effraction

Odile ANIZET

Cette année-là

Roman

Édition : BoD – Books on Demand, info@bod.fr
Impression : BoD – Books on Demand, In de Tarpen 42,
Norderstedt (Allemagne)
Impression à la demande
Loi n°49-956 du 16 juillet 1949 sur les publications destinées
à la jeunesse, modifiée par la loi n°2011-525 du 17 mai 2011.
ISBN : 978-2-3224-6187-5
Dépôt légal : février 2023

A mes petits-enfants
A tous les collégiens du monde
A tous les profs de la terre,
A toutes les tantes Juliette …

« On passe sa vie à se tricoter »
Boris CYRULNIK

Prélude

Connaissez-vous cette petite ville qui s'ouvre sur l'océan, bravant fièrement embruns et rouleaux ? Son clocher chapeauté de gris veille sur cinq mille âmes. Les vestiges de l'histoire lointaine sont encore là : deux énormes canons pointés vers le large, un fortin enrubanné de lianes et d'épineux. Ils témoignent d'une lutte douloureuse, violente, impitoyable. Indiens caraïbes, pirates, envahisseurs, colons et esclaves se sont succédé sur cette terre bénie des dieux : un climat que les alizés et le soleil rendent inoubliable ; une nature généreuse qui offre à chaque moment de l'année de quoi se nourrir amplement, une nature qui sait aussi montrer sa fureur quand cyclones et pluies diluviennes prennent d'assaut maisons et ravines.

Connaissez-vous ses habitants, Antillais de cœur et d'âme, les pieds ancrés dans leur terre ; ils ont pris de tous leurs ancêtres le courage et la ténacité mais aussi la méfiance. Ils forment une communauté soudée, tant que la rivalité ou la jalousie ne s'invite pas.

La commune s'étend loin dans la campagne. Parfois seuls les chemins de tuf conduisent aux maisons, comme de longs rubans clairs qui se creusent de gros trous quand la pluie se déchaîne. La vie s'organise ainsi dans de nombreuses sections.

C'est dans l'une d'elles que je suis né ; c'est ici que j'ai passé mon enfance, section du Moulin. Un nom qui n'a rien de bien original : un vieux moulin dresse sa masse de pierres tout devant le bois de campêche. C'est ici que cette année-là je goûtai aux premiers émois du bonheur.

Les enfants vont à pied à l'école : celle-ci est à un kilomètre et parfois, sous le soleil chaud de Carême, la route semble bien longue ! Mais aller à l'école est essentiel : c'est comme cela qu'on peut avoir une meilleure vie que celle de ses parents, non que ceux-ci soient malheureux, mais souvent dans cette campagne, leur horizon est bien restreint. L'école dispose d'une cour ombragée et ses couleurs vives, ses éclats de rires et de voix témoignent de la trentaine d'enfants qui la fréquentent. Le collège, lui, est à quelques kilomètres de là et les enfants le rejoignent en bus.

Il y a une maison particulière dans la section. Elle est un peu loin des autres et niche au fond d'un parc planté de mahoganys et d'arbres fruitiers. Un verger d'agrumes offre, chaque année, des pamplemousses acides, des citrons et des mandarines. Un figuier étale ses longues branches au centre du parc. Personne ne sait d'où il vient, ce qu'il fait là mais chacun peut admirer la robe violette de ses fruits qui s'ouvre sur une pulpe rouge, véritable nectar. Il jouxte un énorme flamboyant qui se pare d'étoiles rouge vif aux premiers jours de juin. La maison, en elle-même, n'a rien de remarquable. Bloc rectangulaire de pierres grises, elle présente la façade commune à toutes les maisons de maître. Mais de maître, il n'y en a plus. La demeure est fermée et ses volets bleus protègent une vie d'avant dont les habitants n'osent parler.

Chapitre 1

J'avais onze ans et je n'étais pas heureux. Aussi loin qu'il m'en souvienne, je n'avais eu face à moi que des gens sévères, sérieux, au visage fermé et à la mine boudeuse. Je ne me rappelais pas qu'on m'ait pris dans les bras, câliné, encore moins consolé. Peu de contacts physiques. « Arrête de me suivre comme ça ! », « Allons, laisse-moi ! ». « Un garçon, ce n'est pas toujours collé aux jupons de sa mère ! » Suivaient des interdits : « tu ne dois pas », « ne fais pas ça ». Les discours moralisateurs : « attention à ci, attention à ça », « cela ne se fait pas », alternaient avec les réflexions blessantes : « tu veux quoi, à la fin ? », « Ah, que cet enfant m'agace ! ».

Parfois même, j'avais la forte impression que mes parents me trouvaient idiot. Mon père ne se privait pas de me le faire remarquer. J'étais un âne, une buse, un macaque et absolument rien de ce que je faisais ne cassait trois pattes à un canard ! Rien n'était jamais bien ; je faisais bien, c'était normal. Mon père avait été élevé comme ça mais c'était souvent douloureux pour moi.

J'étais un bon élève. Pourtant, jamais on ne me félicitait pour l'excellente note ou les récompenses que je rapportais souvent à la maison. Comme un petit chien, je frétillais de joie sur le chemin de l'école, pensant naïvement que cette fois-ci sûrement, mon père lancerait un « bravo, son garçon », en m'ébouriffant les cheveux, que ma mère me prendrait dans ses bras et me couvrirait de baisers.

Il n'y avait pas de belles matinées de dimanche où, de mon lit, j'aurais senti l'odeur du pain chaud ou entendu mon père ou ma mère chanter. Il était, bien entendu, hors de question qu'un animal vienne troubler la vie de la famille. J'avais bien osé un jour demander à avoir un poisson rouge ; j'avais eu droit à « c'est toi qu'on devrait mettre en bocal ». Il n'y avait là que mauvaise humeur, une vague torpeur aussi. Je grandissais ainsi, enfouissant au fond de moi ce que je n'osais dire, ce que j'aurais aimé, ce qui me manquait. Il y avait bien les quelques sorties, quand on allait au parc. Il fallait veiller à ne pas tomber de bicyclette, à ne pas salir son linge. Nous allions aussi à la plage, mais l'eau était trop froide, trop trouble, il y avait trop de vagues ou trop de vent, de soleil, de sable, de monde, que sais-je encore. Parfois aussi, nous partions en vacances au Matouba, parce qu'à la montagne, il y avait le « bon air ». Qu'est-ce qui faisait que l'air était bon ou pas ? C'était pour moi une vaste question. « Bon » renvoyait au goût et l'air n'avait aucun goût. Je sentais bien parfois la mer, le varech, la soupe, les fleurs de tante Clarisse ou les flatulences discrètes de mon père. Mais où était le « bon air » ? A la montagne, je me faisais des copains mais il fallait toujours rentrer alors qu'on s'amusait si bien. C'est l'heure de manger. Ah, cette heure de manger ! Une heure sacrée ! Midi et demi, pile, que l'on soit à la maison ou à la montagne. Le rituel était immuable : ma mère se mettait en cuisine et, avant toute chose, elle mettait un tablier. Puis, comme elle avait déjà pensé au menu depuis la veille au soir, tout allait très vite à condition qu'on ne vienne pas se mettre dans ses pattes. Pendant ce temps, je mettais le couvert. En réfléchissant bien, le verbe mettre était à toutes les sauces, ce qui, dans une cuisine, n'était pas fondamentalement étonnant. Ensuite résonnait le « A table » ! qui faisait se lever mon père de son fauteuil. Et nous mangions en silence car nous n'avions pas grand-chose à dire.

Il y avait aussi le repas du dimanche quand l'oncle Jules et la tante Clarisse apportaient un gâteau fouetté et son chaudo, que l'oncle Jules piquait du nez dans son assiette juste au moment de les déguster. Tante Clarisse, immanquablement, le secouait et, béat, il disait : « Clara, il t'aime », avant de retomber, inerte.

Il y avait aussi les soirs où ma mère, ennuagée de parfum, fardée de frais et habillée des plus élégantes tenues, posait l'extrême bout de ses lèvres sur mon front pour un baiser discret. « Tu seras sage, ce soir ; je suis invitée. Marie va te garder »

Et mon père ? Où était-il alors ? Je ne le sais pas. Peut-être était-il là, après tout, mais c'est la distance qu'adoptait ma mère avec moi qui me marquait davantage. Comment pouvais-je lui en vouloir ? Seule enfant d'une famille modeste, elle avait été une petite fille choyée, accompagnée pas à pas dans la vie par un père protecteur qui l'avait ensuite confiée à un mari qui avait poursuivi cette œuvre, lui offrant confort et sécurité. Sa famille à lui était plutôt aisée. Mon grand-père paternel, que je n'avais pas connu, était transporteur et avait laissé l'entreprise à son fils. Ma mère était restée petite fille et vivait comme elle l'entendait, capricieuse, égoïste et nul ne savait pas si son mari appréciait la liberté qu'elle s'octroyait. Lui-même était un être terne, froid et tellement distant que je ne se souvenais pas qu'il m'ait jamais embrassé ni qu'il se soit soucié de moi.

J'étais enfant unique, c'est-à-dire, comme je l'avais lu dans le dictionnaire des noms communs qui m'avait été offert à Noël, seul dans son genre. En quoi étais-je si particulier, me demandais-je ? J'étais grand pour mon âge, plutôt bel enfant, en pleine santé et j'attendais tout de l'avenir. J'avais aussi besoin que l'on s'occupe de moi, qu'on m'aime un peu, qu'on me parle gentiment. Je voulais grandir et être heureux. Pour l'instant, j'étais seul et pas seulement dans mon genre ; j'étais seul depuis onze ans.

Aussi, un matin, quand mon père ouvrit une lettre et poussa un grand cri : « M… ! », je sentis souffler un vent nouveau. Jamais je ne l'avais entendu sortir d'une réserve toute bourgeoise, ni proférer de mots si grossiers ! Fils de bonne famille, on lui avait appris à gérer ses émotions, à fixer l'horizon, à ne jamais se plaindre, ni se morfondre, à être un roc. Et il était ce roc ! Du moins le croyais-je alors. Ma mère, elle, haussa les sourcils qu'elle avait joliment arqués et me sembla se transformer en une sorte de mangouste à la fois surprise et choquée.

—Tante Juliette ! Oh, tante Juliette, répéta mon père ; ma tante Juliette est de retour ! Tante Juliette revient ici !

D'où revenait tante Juliette, c'était un mystère ! Qui était-elle ? C'était une autre question ! Je n'avais jamais entendu parler d'une tante Juliette. Mais comme je craignais une réaction inattendue de mon père, je ne me risquai pas à demander quoi que ce soit.

Ma mère, elle, le fit :

—Qui est cette tante Juliette ?

—La sœur de ma mère. Un peu toquée ! Elle est partie il y a longtemps en Australie observer la migration de kangourous. Voilà bien trente ans que je ne l'ai vue ! rétorqua mon père.

Trente ans, cela paraissait effectivement bien loin ; tout comme l'Australie d'ailleurs. Où était l'Australie ? J'allais devoir interroger le dictionnaire des noms propres, reçu à mon anniversaire. En attendant, comme je devais prendre le bus pour se rendre au collège, je me levai et allai prendre le bus.

Chapitre 2

Le collège regorgeait de phénomènes étonnants. Le professeur de mathématiques, par exemple. Il s'appelait Monsieur Legrand. Plutôt petit de taille, arborant souvent une chemise froissée, un jean usé et des boots de cowboy, on l'avait surnommé « le petit Lucky », en référence à Lucky Luke. Le petit Lucky était un bienveillant. Conscient que onze pour cent des élèves comprennent quelque chose aux maths, il avait pensé une méthode pour les motiver, partant du principe que si ceux-ci étaient motivés, ils seraient plus « perméables » aux maths, disait-il. Ce mot m'interpela : quel rapport y avait-il entre nous, la pluie et les maths de Petit Lucky ? Je pensai que, comme la terre en s'imbibant d'eau nourrit les plantes, nous pourrions aussi nourrir notre esprit et comprendre les maths. Nous travaillions souvent en ilots, disposition qui permet à des groupes d'étudier des questions spécifiques tout en jouant pour faire gagner son équipe, d'après ce que j'avais compris. Les séances se passaient dans la bonne humeur. Cependant, quand plus tard, il fallut aborder la lourde question des probabilités, je compris que je faisais partie des quatre-vingt-neuf pour cent et que ni la perméabilité ni l'îlot ne pouvaient rien pour moi. Ce qui se confirma par la suite.

Il y avait aussi monsieur James Taylor, professeur d'anglais et qui ne parlait qu'anglais, si bien que nous étions bercés par une langue inconnue. Monsieur Taylor était dominiquais et aimait la bière, le polo, le foot et surtout le club d'Arsenal. Alors les jours de match, nous avions une séquence télévision et un certain nombre d'entre nous s'amusait pendant que le reste, dont Monsieur Taylor, hurlait à chaque but marqué. Quand les Gunner's ne jouaient pas, monsieur Taylor nous expliquait les règles du polo, du rugby, voire du golf.

Cette année-là, était-ce une coïncidence, j'appris beaucoup sur l'Australie. Il y avait à l'époque une recrudescence d'incendies là-bas. C'était le réchauffement climatique. Mais cette question ne captait pas encore nos esprits car le Temps du rêve faisait souvent son œuvre à moins que ce soit le ronron du professeur Chicot. C'était un être inclassable, pas spécialement à notre écoute, ni particulièrement exigeant. Tout le monde s'endormait rapidement pendant son cours et il ne semblait pas le remarquer ! Parfois, d'ailleurs, c'était plutôt lui qui dormait derrière son journal et là, certains ne dormaient plus !

Et il y avait surtout la professeure de musique. Madame Mabelle était une artiste. Plutôt bienveillante même si parfois se réveillaient en elle des relents de spécimen redoutable. Elle portait de grandes robes colorées ornées de colliers ethniques et, quelle que soit la saison, des bottines. Elle en avait de toutes les couleurs. Sa longue chevelure rousse était quelque peu désordonnée mais ça lui donnait un certain charme. Le cours commençait systématiquement par une séance de relaxation. Cela faisait venir l'inspiration, disait-elle. Nous nous asseyions en rond par terre, en tailleur et fermions les yeux. La voix de madame Mabelle s'élançait alors avec des tonalités surprenantes qui rappelaient, selon le cas, les cris des mouettes, le souffle du vent marin ou le meuglement des bœufs de nos savanes. Elle appelait ça le cri primal. Puis elle claquait des mains et disait : « On y va, les enfants ! »

Alors nous rejoignions les grandes tables autour desquelles nous prenions place. Durant ces semaines spéciales, nous travaillâmes sur les instruments à vent. Nous devions, à partir de diapositives que nous montrait madame Mabelle, dessiner un instrument original. Parmi les photos, il y avait la loure, une cornemuse normande, la corne à lambi et... le didgeridoo, sorte de flûte aborigène. Le cours se terminait par l'essai de notre instrument pour lequel nous devions inventer un son, si bien que nous baignions alors dans une incroyable cacophonie.

Chaque soir, je retrouvais la maison familiale. Pas de questions, un repas vite expédié. Le train-train ! Un soir, je me replongeai dans le dictionnaire pour revoir la carte de l'Australie. On aurait dit une tête de dogue ! Les pointes de Darwin et Cairns pour les oreilles, Perth pour le bout de langue qui dépasse et Canberra, Sydney et Melbourne pour le collier. Wallabys, kangourous, ornithorynques, dingos, crocodiles : l'Australie était peuplée d'animaux aux noms bizarres.

Et en plus de cela, il y avait un décalage horaire important entre les différents points du pays. Je savais bien qu'en certains endroits de la terre, il faisait jour quand chez nous il faisait nuit, ce qui me semblait un grand mystère, mais j'avais du mal à imaginer le décalage horaire. Je cherchai dans le dictionnaire des noms communs et trouvai : « écart dans l'espace et dans le temps ». Je me souviens m'être demandé si cela voulait dire que tante Juliette, en plus d'être toquée était décalée.

Chapitre 3

Au collège, il y avait trois événements incontournables. L'un d'entre eux était la matinée sportive ! Chaque classe devait recueillir un certain nombre de points obtenus lors de défis : course à pied, course en sac, à cloche-pied, parcours les yeux bandés, épreuves d'adresse, de force ou d'équipe.

L'organisateur en était toujours monsieur Roberto, un spécimen redoutable, une peau de vache reconnue et il savait bien sûr concocter des épreuves particulièrement difficiles ! Heureusement, madame Kluck, sa collègue, s'évertuait régulièrement à déjouer les pièges. Madame Kluck était une petite dame souriante, avec une petite voix charmante et douce et une impressionnante chevelure crépue. Son seul défaut c'est qu'elle répétait toujours le mot « ici ». Nous en avions parfois compté plus de cent en une heure ! Face à monsieur Roberto, elle ne faisait pas le poids : quarante kilos d'os et de cheveux pour un mètre cinquante contre cent-vingt kilos de muscles et de graisse pour près de deux mètres de haut et d'envergure. Madame Kluck était du genre poupée, monsieur Roberto du style monstre. Cependant, l'habileté et la ruse étant inversement proportionnelles à la taille, il n'était pas aussi malin qu'elle…Monsieur Zami, le conseiller principal d'éducation, et son équipe de vie scolaire étaient également présents avec tous les autres professeurs, chargés de nous accompagner dans les défis. Si une grande part d'entre eux participaient, certains préféraient le confort sécurisant de la salle des profs ; ils nous disaient tout bas : « Je reviens, surtout ne bougez pas », se faufilaient le long des murs de la cour, le nez en l'air, l'air de rien. On parlait alors d'esprit d'équipe.

Le deuxième événement régulier se composait des exercices de sécurité. Rien ne pouvait y déroger. C'était la logique administrative. Monsieur Zami nous avait expliqué que le collège était un lieu de vie. Il rassemblait un groupe de personnes, des jeunes et des vieux ou, ainsi que le disait mon père, des enfants et des adultes. Les adultes commandaient ; ils étaient vieux ; ils avaient de l'expérience ; les enfants obéissaient aveuglément, quoique pas toujours. Il était en effet de plus en plus difficile aux enfants d'obéir aveuglément, c'est-à-dire sans comprendre, à croire qu'ils étaient plus intelligents que les générations précédentes. Comme le collège était un lieu de vie, il y avait des règles de vie, « chacun comprenant bien qu'on ne peut vivre à plus de cinq cents personnes sans un minimum d'ordre et de sécurité », disaient les adultes. Tout le monde devait aller dans le même sens, le bon sens et celui-ci n'était pas toujours facile à trouver. D'où le fameux Règlement Intérieur qui se trouvait généralement dans le fameux carnet de liaison, qui servait, comme son nom l'indique, à la communication entre la famille et le collège. Pour la sécurité, il y avait les exercices. Les exercices de sécurité étaient propices aux récréations supplémentaires. On se retrouvait dans la cour, aux endroits qu'on appelle points de ralliement. Et l'on pouvait alors se rallier lentement et prendre son temps pour se « dé-rallier ». On pouvait ne pas entendre la sonnerie qui mettait fin à l'exercice, ce qui faisait une excellente excuse pour rater une partie du cours de Monsieur Roberto, par exemple. Certains professeurs nous avaient montré l'exemple.

Le troisième événement, et c'est celui que nous préférions, c'était la semaine du goût car on servait des plats inhabituels : de la brandade de morue aux épinards ou des dombrés avec une sauce verte ou encore des chouquettes à la crème de coco. C'était de l'éducation à la nutrition. Les professeurs nous avaient informés sur la composition d'un repas équilibré. Quand je regardais la taille de certains, je me demandais s'ils appliquaient ce qu'ils recommandaient. Ce n'est que plus tard que je découvrirais que c'est une constante chez les êtres humains.

A cette occasion, la cuisinière de la cantine, madame Chablis, était ovationnée par une centaine de collégiens ! Elle mettait sa plus belle toque de chef, de celles qu'on voit dans les émissions de télé. Je m'étais interrogé sur l'utilité de la toque des cuisiniers ? Est-ce pour ne pas avoir trop chaud devant les fourneaux ? Je cherche encore la réponse.

Chapitre 4

Cette année-là, le mois de juin était venu bien vite. J'adorais le mois de juin car c'était le mois de mon anniversaire. Chaque dimanche de l'année, la famille recevait tante Clarisse et son dessert favori. Mais, au mois de juin, il y avait un changement de programme : il faisait beau et tout le monde allait... chez tante Clarisse et oncle Jules.

—Tu pourras jouer au ballon dans le jardin, disait ma mère. Et tante Clarisse aura sûrement fait du chaudo !

Tante Clarisse, c'était la petite sœur de mon père. Elle n'avait pas d'enfants et quand elle me regardait, on sentait en elle une forme de mélancolie. Petite femme dodue comme une caille, dès qu'elle était chez elle, elle habitait sa maison : tout lui ressemblait. Des meubles colorés, des tentures brodées, des bibelots aux décors baroques, des effluves de coco ou d'ylang-ylang qu'elle mariait à son idée, disait-elle. Elle était fleuriste et connaissait tout du langage des fleurs. L'azalée, « joie d'aimer », était sa préférée.

Oncle Jules semblait habiter une autre planète. Toujours de bonne humeur, il lui arrivait de s'évader du monde. Il paraissait s'envoler, sourire aux lèvres. C'était un homme mince comme une aiguille, souple comme un serpent et joyeux comme un pinson. Il était thanatopracteur, c'est-à-dire qu'il s'occupait des morts. Je m'interrogeai alors sur ce qu'il leur faisait et supposai qu'il devait leur faire quelque chose, sans quoi il n'y aurait pas eu de thanatopracteur. Il me semblait que les Egyptiens exerçaient ce genre de métier, c'est ce que nous avait dit monsieur Chicot entre deux ronflements. Ils enveloppaient leurs morts de bandelettes et les mettaient avec leurs bijoux dans une boîte appelée sarcophage.

Chaque fois que j'allais chez mon oncle et ma tante, j'avais la chance de visiter le jardin. Tante Clarisse saluait ses plantes à chaque pas : un mot pour l'aloès le magicien, une caresse pour la kalanchoé qui dresse ses feuilles veloutées. Elle s'attardait au-dessus des pervenches de Madagascar ou s'arrêtait pour redresser une orchidée.

Oncle Jules, lui, repérait les oiseaux et les appelait en imitant leur chant. Un jour, il en avait trouvé un tombé du nid, l'avait délicatement pris dans ses mains bourrues et lui avait offert du miel et de l'eau. L'oiseau s'était envolé et j'avais alors vécu un pur instant de bonheur. Oncle Jules cultivait des choux ronds qui ressemblaient à des tortues. J'aimais aussi l'odeur de ses plants de tomates : légèrement poivrée, un peu désagréable. Les aubergines, elles, étaient tellement lisses qu'on pouvait presque se voir dedans. Quant aux giraumons, ils trônaient comme des sumos. Il avait également un jardin de simples. Je trouvais étonnant que l'on appelle « simples » des plantes aux noms si compliqués. Encore un mystère de la langue française, m'étais-je dit. J'en connaissais certaines grâce à mon oncle : le curcuma qui apaise les nausées, le thé-pays qui soigne la grippe, le semen-contra qui déparasite ou le gros-thym qui soigne tout. Oncle Jules m'avait même fait toucher les lianes de glycérine qui glissent sous la main et parlé du datura, un vrai poison. Je trouvais ces noms si beaux.

Si on m'avait interrogé, j'aurais avoué préférer vivre chez tante Clarisse et oncle Jules ;

mais j'avais bien compris que ce n'était pas possible. On ne choisissait pas sa famille. Qu'est-ce qui faisait qu'on naissait ici ou là ? En Australie ou en Guadeloupe ? Chez des bienveillants ou des spécimens redoutables ? Et qu'est-ce que cela décidait de la vie d'un enfant ? A qui aurais-je pu d'ailleurs poser la question ? Au collège, certains élèves évitaient de parler de leur vie familiale ; d'autres toujours sûrs d'eux racontaient leurs vacances, leurs exploits, leurs sorties exceptionnelles. Les premiers devaient avoir tiré un mauvais numéro de famille, contrairement aux autres.

Je découvrais ainsi petit à petit que le monde n'était pas aussi simple que mes parents le disaient : le bonheur n'était pas pour tout le monde !

Chapitre 5

Chez tante Clarisse et oncle Jules, on déjeunait dehors, sous la tonnelle. Des étoiles de liane rouge en fleurissaient le toit, un mabouya s'enfuyait souvent à toutes pattes quand nous nous installions. Mon père se détendait un peu, ma mère surveillait sa coiffure d'une main délicate.

Tout était délicieux : le sirop de maracudja ou de goyave faits maison, le monceau de concombres juteux et frais accompagné de chiktaye de morue et de petites tomates craquantes ! Parfois, c'était une tarte au giraumon ou du boudin légèrement pimenté sur un lit de laitue. Un délice toujours renouvelé.

Il y eut aussi ce fameux dimanche qui bouleversa notre vie. C'est mon père qui en fut le détonateur :

—Tu as reçu la lettre ? avait-il demandé à sa sœur

—Quelle lettre ?

—Celle de tante Juliette, voyons ! Elle dit qu'elle revient et qu'elle sera là en juillet. Elle nous demande de l'accueillir à la maison quelques jours ou semaines, le temps de trouver un logement. Tu imagines ! Tante Juliette chez moi ! Comme si je n'avais pas assez de charges comme ça !

—D'autant, avait repris ma mère, sans vouloir m'immiscer dans vos histoires de famille, qu'il me semble qu'elle est un peu … originale, non ?

—Originale, ça c'est le mot, avait répliqué mon père.

—N'exagérons rien, avait répondu oncle Jules. Disons qu'elle est un peu spéciale : rigolote en fait. Mais peut-être a-t-elle changé ! Les Australiens l'ont peut-être « assagie » ! avait-il ajouté d'un air coquin. Ce serait dommage !

—Dommage, tu penses, avait répondu mon père ! elle était insupportable, imprévisible, un peu comme une mouche qui va et vient dans la vie sans savoir ce qu'elle veut. Un jour par-ci, un jour par-là ! Tu te souviens Clarisse, quand papa est allé la chercher dans une communauté de hippies ?

J'écoutais, me faisais tout petit pour ne pas perdre une miette de ce qui se disait. Pour une fois, j'étais heureux qu'on ne fasse pas attention à moi et j'avais hâte de rencontrer cette tante Juliette.

—En plus, il y a eu cet … accident, avait repris ma mère. Vraiment, quelle honte pour la famille ! Vraiment ! Une telle situation ! Difficile à accepter, quand même !

—Ma pauvre, tu n'étais pas là ! Bien sûr que c'est terrible mais personne n'a le droit de juger, lui avait répondu oncle Jules.

— L'accident ? avait dit tante Clarisse, en me jetant un coup d'œil inquiet. Sait-on vraiment ce qui s'est passé ?

—Tu dis vraiment n'importe quoi, ma pauvre Clarisse, avait rétorqué mon père. Tout le monde le sait, un point c'est tout ! Enfin, nous allons devoir l'héberger. Je vais réaménager le studio du garage ; ça fait quelques dépenses mais enfin, c'est la sœur de notre mère et ça servira toujours ! Et puis, elle sera plus indépendante ; c'est mieux pour elle, et pour nous. Après toutes ces années à l'étranger, elle doit avoir de ces habitudes pas trop catholiques ! On ne sait jamais !

—Peut-on changer de sujet, avait dit ma mère, j'ai déjà mes angoisses.

Et le repas s'était poursuivi. Oncle Jules savait cuisiner : ce dimanche-là, un ragoût de bœuf avec des racines ; un vrai délice, « le petit Jésus dans une culotte de velours », avait dit tante Clarisse. Cette autre expression me stupéfia. Je savais qu'à la communion, on prenait le corps de Jésus mais là il était habillé d'une culotte de velours ? C'était un mystère de plus.

Au dessert, il n'y eut pas de chaudo mais une mousse à la goyave. Là encore, du grand art !

Ce dimanche soir, j'avais réfléchi à tout cela. Il y avait l'accident de tante Juliette, le petit Jésus dans sa culotte de velours, les habitudes pas trop catholiques rapportées d'Australie. Je me sentis un peu désemparé face à ce monde dont je n'avais pas encore toutes les clés. J'étais comme exclu, comme un naufragé sur une île autour de laquelle auraient tourné des bateaux inaccessibles.

Chapitre 6

Le samedi soir, tous les samedis soir, c'était la messe. Une tradition familiale. Mon père disait qu'il avait du mal à comprendre le comportement des gens qui prient Dieu, confessent leurs péchés et se conduisent mal, disent du mal des gens et pire encore…. Moi, je ne savais pas trop. J'étais baptisé, je croyais que les beautés du monde ne pouvaient pas venir de nulle part. Mais je me disais quand même que si Dieu existe, il ne pouvait permettre la violence, la pauvreté, le harcèlement scolaire ou l'existence des spécimens redoutables. Et puis, il y avait plusieurs religions et, un jour que monsieur Chicot était bien réveillé, il nous avait expliqué qu'elles avaient apporté des guerres, des morts, des tortures, des séparations, des exils. Même madame Justin en avait parlé. Alors prier Dieu que les hommes s'aiment et s'entraident me paraissait être une des solutions. Sachant que je n'étais pas certain que Dieu entende, pensai-je, puisqu'il était vieux et peut-être sourd ! Pour moi, on devait laisser les gens libres de croire à ce qu'ils veulent, à condition qu'ils ne dérangent personne. Monsieur Zami nous avait longuement expliqué le mot « tolérance » : le respect de l'autre, la reconnaissance de sa différence. Il nous avait aussi montré que c'était nécessaire entre élèves. Alors entre adultes aussi ? Et entre adultes et enfants, me demandai-je, pourquoi en parle-t-on moins ?

A l'église, il y avait le père Mouchy, planté sur ses deux longues jambes de kyo, pour accueillir les fidèles sur le perron. Le père Mouchy était un bienveillant. Il souriait tout le temps et avait un mot gentil pour chacun. Cela ne l'empêchait pas de rappeler dans ses sermons que chacun devait mettre ses actes en accord avec les principes dictés par Jésus. Il faisait rire souvent ses paroissiens quand, incidemment, il faisait le portrait de certains d'entre eux. Ses yeux brillaient alors de l'éclat tout particulier, comme ceux de Kaa, dans le livre de la Jungle. Il connaissait les secrets de chacun. Il savait même que tante Juliette revenait puisque le samedi suivant le fameux dimanche, il l'annonça à tous :

—Nous aurons bientôt la chance de revoir notre chère Juliette qui revient du Kenya. Pour ceux qui ne la connaissent pas, préparez-vous à une rencontre exceptionnelle !

J'avais sursauté. Kenya ? Était-ce un autre nom de l'Australie ?

A la sortie, ma mère avait été prise d'assaut. On laissait mon père tranquille, on avait eu un jour à affronter sa mauvaise humeur. Tout le monde connaissait tante Juliette ! On voulait savoir où elle habiterait, comment elle allait. Il semblait y avoir parfois quelque rancœur dans les remarques de certains. Je surpris même quelqu'un qui parlait du mal qu'elle avait fait et qui se plaignait de son retour.

Ma mère ne disait rien. Il faut dire qu'elle n'était pas d'ici. Cependant, ce qui me questionnait le plus, c'est que le Kenya ne ressemblait pas à l'Australie. Il me semblait aussi que ces pays n'étaient pas sur le même continent.

De retour à la maison, ma mère s'était précipitée vers mon père :

—Non mais qu'est-ce que c'est que cette histoire ! Ta tante Juliette est au Kenya, pas en Australie !

Mon père avait ouvert de grands yeux et dit :

—Peut-être ! Et alors ! Qu'est-ce que j'en sais ?
Elle est partie un jour, point.

Ma mère avait repris :

—Mais quand même ; ça change tout !

Mon père avait fait « Ah ! » et on en était resté
là.

Le lendemain, au collège, le plus surprenant avait été ma convocation par monsieur Zami. C'était la première fois ! Monsieur Zami avait une grosse moustache de gaulois. Il portait des bretelles qu'il assortissait souvent à un nœud papillon. C'était original et plutôt élégant. C'était un homme charmant et gentil. Il aidait les élèves, les écoutait, aménageait avec eux des moments qu'il appelait des moments de convivialité. On ne savait pas trop ce que cela voulait dire mais enfin, c'était plutôt bien, les moments de convivialité : on organisait des jeux, des défis, on pouvait même se déguiser pour le carnaval, faire de la musique ou se détendre entre copains.

Quand j'entrai ce jour-là dans son bureau, monsieur Zami était au téléphone et riait aux éclats ; il me fit signe de s'asseoir ; puis il raccrocha et dit :

—Dis-moi, Juliette revient ?

Il sembla me transformer en poisson rouge privé d'oxygène.

— Vous connaissez tante Juliette ?

Il connaissait tante Juliette, m'avoua-t-il sans rien ajouter. Mais ses yeux brillaient d'une étrange lueur, comme celle que j'avais vue chez le père Mouchy.

Décidément, cette tante Juliette faisait beaucoup parler.

Chapitre 7

Le temps passa et on arriva au mois de juillet ! Le mois des vacances. J'étais fier de passer en classe supérieure. Mes parents étaient-ils contents ? Pas vraiment, ils ne disaient rien ; ils trouvaient ça normal.

Il y eut une autre lettre de Tante Juliette : elle arrivait le 5 du mois. Je sentis que ma mère avait ses angoisses : elle passait tout son temps entre l'ostéopathe, l'esthéticienne et le coiffeur, quand ce n'était pas dans les boutiques. Ensuite, elle changeait de tenue quatre ou cinq fois par jour ; du coup, tout le monde était un peu perturbé côté calendrier : était-on toujours lundi ? Avait-on raté une nuit ? Elle s'activait dans la maison comme jamais : elle changeait de place les meubles, mettait en route une énième lessive, se lançait dans la fabrication de confitures, de tartes, de quiches, ce qu'elle ne faisait pas habituellement. Tant mieux ! On mangeait comme dans un grand restaurant.

Mon père lui, avait fait aménager le studio du garage et il allait tous les soirs vérifier l'avancée des travaux. On ne pouvait pas faire confiance à ces artisans qui cherchaient toujours à nous rouler. Il avait fait le point avec tante Clarisse : oncle Jules et elle iraient chercher tante Juliette à la gare et la conduiraient à la maison ; ils feraient quelques courses qu'ils déposeraient dans les placards et le frigo ; de toute façon, elle avait les clés, lui avait dit son frère et il fallait bien se partager le travail. La veille, en cachette, j'avais jeté un coup d'œil au studio et découvert un peu d'humanité à mon père : une tapisserie à fleurs, de jolis rideaux, un bel endroit. Peut-on ne pas aimer quelqu'un de sa famille ? Je n'en avais pas encore la réponse. Un jour viendrait peut-être. Mais qu'allais-je découvrir ?

En attendant, comme je ne connaissais pas le Kenya, j'étais allé chez mon copain Victor, un vrai geek, comme il se surnommait, c'est-à-dire, un pro de l'informatique. Nous avions fait quelques recherches sur ce pays d'Afrique, pays de lacs et de volcans et surtout paradis des animaux sauvages qui vivaient dans des réserves où on peut les protéger des chasseurs. Une

preuve supplémentaire de la cruauté humaine !
J'appris aussi que ce pays avait autrefois appartenu aux Anglais, si bien qu'on y parlait et l'anglais et le swahili.

Que faisait tante Juliette au Kenya ? Et pourquoi l'Australie ? Personne ne semblait vouloir le dire. Personne ne semblait le savoir ! Pourquoi tante Juliette était-elle partie ? Était-ce à cause de l'accident ? C'était quoi cet accident ? Qui était tante Juliette ? J'étais de plus en plus impatient de la rencontrer.

2, 3, 4 juillet.

Le lendemain, tante Juliette serait là. Je me demandai quelle attitude avoir : l'embrasser ou pas, l'appeler tante Juliette ou autrement… Je ne savais pas si cela allait bien se passer avec mes parents. Avec les gens du village ? Et monsieur Zami ? Et le père Mouchy ? Tant de questions, tant d'inconnues.

Le soir, par la fenêtre j'avais contemplé le ciel étoilé. Dire qu'il y avait peut-être quelqu'un, de l'autre côté de la terre, qui regardait comme moi le ciel, quelqu'un de différent de moi : il avait peut-être les yeux bridés, était peut-être d'une autre couleur, il parlait peut-être une autre langue, pratiquait peut-être une autre religion. Il vivait peut-être avec des animaux inconnus, mangeait peut-être des plats étranges.

Quoi qu'il en soit, j'en conclus qu'il devait me ressembler parce que c'était un être humain. Alors, je lui avais fait un signe et je m'étais dit qu'il y avait sûrement, là-bas, des spécimens redoutables et des gens bienveillants.

Chapitre 8

Elle était là ! Oui, bien là. Je n'en revenais pas.

Elle vaquait à ses occupations, disait-elle, entrant et sortant sans qu'on sache quand et où. Elle rencontrait des gens, en retrouvait d'autres. Feu follet qui allait de-ci, de-là sans vraiment se poser. « Ne vous inquiétez pas pour moi », disait-elle.

C'était un être aérien, insaisissable qui intriguait. Toujours d'égale humeur, rieuse, bavarde, espiègle, elle traversait les journées tel un foufou.

Elle était là ! Et je n'en revenais décidément pas.

Le 5 juillet, vers 15h, nous avions vu entrer la voiture d'oncle Jules qui avait klaxonné pour signaler son arrivée. J'étais tellement impatient ! Je les guettais ! Je la guettais ! La voiture avait stoppé ; Oncle Jules en était sorti, avait ouvert la porte de derrière : c'était tante Clarisse, tout sourire ! Il avait contourné la voiture, ouvert la porte de devant et là…

J'avais enfin vu tante Juliette !

J'avais d'abord aperçu la pointe d'une chaussure vert pomme avec un pompon dessus, puis une jambe gainée de gris, un morceau de jupon rose vif sous un manteau violet puis une main sur la vitre, gantée de mauve, une envolée de plumes multicolores, un large chapeau de feutre orange ! Et une grosse dame était apparue sous cet océan de couleurs.

—Oh non, elle ne changera jamais, avait dit mon père à voix basse.

Et ma mère de répondre :

—Ah !

A croire que leurs échanges étaient de plus en plus limités !

Oncle Jules, d'une main secourable, avait aidé la dame à sortir de la voiture et annoncé :

—Voilà notre Juliette !

Chose étonnante, mon père s'était précipité vers elle. Il avait l'air heureux, sincèrement heureux. Elle l'avait pris dans ses bras !

—Quel bonheur de te revoir, Pierre ! mon cher neveu, mon unique et préféré ! Laisse-moi te regarder.

Elle avait vivement tendu les bras pour le mettre à distance.

—Mais tu es devenu un homme, un bel homme ! Et cette moustache ! Ah je croquerais bien dedans !

Mon père avait rougi puis repris sa posture de manche à balai et nous avait fait signe d'approcher.

—Tante Juliette, voici mon épouse Mina et mon fils Jérémy.

Elle nous avait ouvert les bras ; ma mère avait tendu ses lèvres, son corps à une distance raisonnable. Quant à moi, au milieu des tissus bariolés, j'avais trouvé qu'elle était plutôt confortable. Puis le chapeau s'était relevé et j'avais découvert un museau de souris au regard rieur. Un regard noir mais tellement lumineux. Un sourire amusé, comme content d'avoir joué une bonne farce.

—Bon, j'ai chaud ! Aidez-moi à me débarrasser de ce costume ! Je vous ai eus ! Vous avez eu peur ! Vous pensiez que j'avais grossi !

Chacun était dans ses petits souliers, comme disait oncle Jules qui pourtant avait de grands pieds.

Du costume de grosse dame était sortie une petite bonne femme d'une cinquantaine d'années. Mince, vêtue d'un pantalon de toile et d'un tee-shirt rayé, elle semblait toute fragile. Je l'avais aimée au premier regard. Et j'avais pensé qu'elle était une bonne fée envoyée de l'autre bout du monde. Nous allions pouvoir vivre, enfin !

Chapitre 9

Un matin, je partis avec tante Juliette. Elle l'avait annoncé la veille en nous servant un ugali, une spécialité du Kenya à base de purée de farine de maïs. En accompagnement, il y avait des haricots rouges et un peu de viande grillée. C'était un délice même si j'avais fait la grimace sous la brûlure du piment.

Elle s'était ensuite éclairci la gorge :

—Demain, j'emmène Jérémy en bateau.

Ma mère avait regardé mon père et mon père tante Juliette :

—Où vas-tu prendre un bateau ?

—Au port ! J'ai rencontré Germain, un ami d'enfance, il a un canot et il nous emmène demain faire un tour. Il sait nager Jérémy ? Alors ça ne risque rien.

—Mais… Vous croyez ? Vous savez, il a peur de tout, ce petit ! s'était exclamée ma mère.

—Avec Germain, cela ne risque rien, avait répondu son époux.

—Si c'est avec Germain, alors, c'est d'accord, n'est-ce pas Pierre ? avait-elle conclu.

J'avais ouvert de larges yeux mais tante Juliette m'avait fait un clin d'œil.

Nous partîmes au matin tous les deux. Chapeauté et botté, je marchais d'un bon pas à ses côtés. Au port, nous retrouvâmes Germain, qui en fait s'appelait Georges. Je me dis que tante Juliette avait voulu cacher quelque chose à mes parents, comme quand je disais que j'allais chez Victor alors que j'allais chez Arthur, un drôle de phénomène, disait ma mère.

Georges était un géant à la peau très foncée, large d'épaules, avec une barbe touffue où s'accrochaient ce matin-là, quelques éléments bizarroïdes : miettes de pain ? Restes de repas ? Sciure de bois ? Il accueillit tante Juliette avec un large sourire, la prit dans ses bras et l'éleva au-dessus de lui !

—Ma Juju, te voilà ! Tu m'as manqué !

—Eh ! Pose-moi, Georges, je ne suis plus une jeunette, tu vas me casser !

—Comment pourrais-je te casser ? Tu es bien trop forte ! Et qui est ce cosmonaute à tes côtés ? C'est le petit ?

—Oui, c'est Jérémy, le fils de mon neveu.

—Ton neveu Pierre ? dit Georges. C'est là que tu loges, m'as-tu dit ?

—Pour le moment. Mais j'ai hâte de trouver un coin à moi. Peut-être la maison, mais je n'en sais rien encore !

J'eus l'impression qu'un moment particulier se jouait devant moi. Sans vraiment définir ce que je ressentais, je percevais de la nostalgie, de la tristesse peut-être ; je savais que c'était important.

—Bon, on y va, dit Georges. Moussaillon, à l'avant, tu enlèveras l'amarre. Ah, ah, poursuivit-il en riant, tu ne sais pas ce que c'est ! Le bout d'amarrage, quoi ! Non ? La corde qui lie le bateau au quai. Allez, allons-y. Et toi, Juju, à l'arrière.

Nous partîmes et longeâmes la côte. Il faisait bon ; le soleil était juste levé. J'étais assis à l'avant, la proue, avait dit Georges : le battement doux du moteur, le bruit de l'eau à l'étrave, tout invitait à se laisser aller ! La matinée s'écoula ainsi, une belle « nav », dit Georges. Je rejoignis Georges et tante Juliette à l'arrière. Georges m'indiqua même comment conduire le bateau.

—Fastoche, dit-il !

J'avais ri de ce nouveau mot. J'étais le capitaine ! Le monde était à ma portée !

A midi, nous avions accosté à un ponton, perdu au milieu de nulle part. Tante Juliette sauta prestement à terre pour lancer l'amarre au capitaine. Quand les manœuvres furent finies, la table était mise : nappe blanche, assiettes multicolores, et même des fleurs !

—Champagne, ma chère, dit Georges ! Et quelques gouttes pour toi aussi, Jérémy. C'est un jour exceptionnel : j'ai retrouvé Juju !

Tante Juliette le regarda, attendrie. Le repas s'écoula comme la mer, paisible, joyeux, sans contraintes.

Je découvrais un autre monde, simple et généreux : j'étais heureux. J'allai à l'avant ; là, je vis au loin, devant moi, ma vie qui s'annonçait et dont je ne savais pas de quoi elle serait faite. Elle était comme les dunes ou les falaises que nous avions longées, comme cette alternance de pluie et de soleil qui nous baignait aujourd'hui. J'entendis de la musique, j'entendis des rires, des éclats de joie et de bonheur. Tante Juliette et Georges dansaient, souriant à leurs retrouvailles.

On se serait cru dans un vieux film. Même s'ils n'avaient ni smoking, ni robe de soirée, ils semblaient seuls au monde. Qu'avaient-ils vécu ensemble ? avaient-ils été amoureux ?

Chapitre 10

Nous rentrâmes à la tombée de la nuit.

—Tu sais, ne parle pas de Georges à tes parents. Je t'expliquerai plus tard. Merci à toi, Jérémy. Ce sera notre secret.

Dans sa main, elle tenait un sac où frétillaient encore les quelques poissons que nous venions de pêcher.

Ah, la pêche ! Un grand moment ! D'abord, préparer les lignes. Georges m'avait montré comment mettre un hameçon et un plomb sur le fil de la canne à pêche. Tante Juliette, elle, avait sorti de son sac une cannette de soda entourée de fil. C'était bien plus efficace ! On sent mieux le poisson, avait-elle dit en riant ! Vint ensuite le découpage des appâts : plutôt sanglant ! Un pêcheur doit savoir se mouiller, avait expliqué Georges, dans tous les sens du terme. J'avais supposé que ce ne devait pas être facile de se mouiller ainsi dans tous les sens. Puis, nous avions lancé les cannes et là, l'instant magique ! Le poisson mord, tire sur le fil, se bat comme un beau diable et parfois se détache. Parfois aussi, il s'épuise. Et on rit de sa prise, on se réjouit d'avoir gagné la bataille contre le poisson…

J'avais des sentiments partagés sur cette question : la pêche, c'était passionnant mais tuer un animal, ce n'était pas bien. Cela voulait-il dire qu'on pouvait se réjouir de la mort d'un être vivant ? C'était pareil avec la viande ! On tuait des animaux pour les manger ! Je savais qu'on avait besoin de protéines, mais l'homme s'accordait le droit de disposer des autres êtres vivants. Que disait le père Mouchy à ce sujet ?

A la maison, mes parents regardaient le journal télévisé et ne nous accordèrent que peu d'attention. Nous déposâmes les poissons dans l'évier : certains bougeaient encore. Ma mère arriva : Ah non, pas ça ! Elle détestait ça ! Mon père accourut et la réconforta : ils pourraient faire une bonne soupe de poissons le lendemain. Il sourit à tante Juliette et sa main effleura mes cheveux : je respirai. Tout s'était bien passé.

Le soir, dans mon lit, je repensai à tout ça. Tante Juliette : que s'était-il passé pour qu'elle me demande de ne rien dire ? Je repensai aussi à

l'accident et à la réflexion d'une dame à l'église :
« elle n'a pas fait assez de mal comme ça ? ». Il y
avait un secret autour de tante Juliette. Que
s'était-il passé il y a trente ans ? Et Georges ?
Qui était-il ? Pourquoi ne fallait-il pas parler de
lui ? Je pensai aussi à mon père. Il semblait plus
calme, plus gentil. Et j'aimais quand il m'ébou-
riffait les cheveux.

Tout cela m'amena à croire que le monde
des adultes m'était bien obscur. Qu'est-ce qui le
compliquait ? Les adultes eux-mêmes, la vie, les
événements, ce que monsieur Zami appelait les
impondérables. Il y avait souvent des impondérables, cela voulait dire qu'on ne faisait pas toujours ce qu'on voulait, quand on voulait. Pourtant Tante Juliette paraissait faire ce qu'elle voulait ! Et puis, il y avait l'amour ! Vaste question !
Comment savait-on qu'on était amoureux ? L'an
dernier, Lola était dans ma classe et chaque fois
que je la voyais, mon cœur battait plus fort. Je la
trouvais chaque jour plus jolie et chaque jour, je
tentais de m'asseoir à côté d'elle, je la guettais,
j'avais besoin d'elle. Ça devait être ça être amoureux. Mais un jour elle avait embrassé un garçon
de 3ème et j'avais pleuré de rage et de douleur.

Est-ce que Georges avait pleuré de rage et de douleur quand tante Juliette était partie ?

Chapitre 11

Et puis, il y eut le repas. Mes parents recevaient des amis. On m'expliqua qu'il fallait bien me tenir parce que ces gens faisaient partie des « notables » de la ville. Ce mot m'interpela si bien que j'en référais à mon dictionnaire favori qui m'informa que ces notables étaient « dignes d'être retenus ». Après réflexion, comme ce n'étaient pas de mauvais élèves qui seraient punis, j'en déduisis que s'ils étaient retenus pour dîner chez mes parents, c'est que ma mère en avait éliminé d'autres. Pourquoi était-on digne d'être retenu pour dîner chez nous ? Pourquoi était-on éliminé ? Le dictionnaire présentait plusieurs définitions du mot digne et que « qui fait preuve de dignité » ne m'avançait pas trop, pas plus que le mot « honorable » que je dus aller chercher ailleurs et qui signifiait « digne de considération », que « considération » signifiait « estime » ce qui me renvoyait au mot « honorable », sans être plus renseigné. Comme quoi, un dictionnaire ne donnait pas toutes les réponses ! J'en conclus que je ne pouvais rien conclure.

Ma mère m'autorisait à être présent pour l'apéritif mais je devrais manger à la cuisine ensuite. « C'est mieux comme ça », avait-elle décidé. Mieux comme quoi ? Encore une question non résolue !

Tante Juliette serait présente. J'avais entendu ma mère glisser un mot à mon père pour demander que Juliette fasse profil bas, expression dont j'avais trouvé sans difficulté le sens, tout en me demandant en quoi cela s'appliquait à tante Juliette. Pourquoi ne devrait-elle pas se faire remarquer ? Elle était si jolie et si gentille !

Ma mère, et surtout Marie, avaient mis les petits plats dans les grands, quoiqu'au début, sur la table du salon, il n'y ait eu que des pots d'olives, des assiettes de chips et de petits verres remplis de guacamole ou d'houmous. Il y avait aussi des samoussas qu'avait confectionnés tante Juliette, sans demander son avis à la maîtresse de maison qui avait pris son air de mangouste en colère ; mais tante Juliette avait assuré que c'était « excellent à l'apéritif ».

Vingt heures ; nous étions regroupés dans le salon sauf tante Juliette qui se dépêchait, avait-elle assuré. Ma mère aurait préféré qu'elle soit là ; ça aurait pu éviter les surprises, avait-elle dit, sans que personne ne comprenne. Coup de sonnette. Ma mère passa une main inquiète dans ses cheveux, jeta un œil dans le miroir du hall d'entrée et se sourit. Mon père ouvrit la porte. C'étaient monsieur et madame le maire, enfin le maire et sa femme. Lui était rondelet comme un panda, souriant et rieur derrière ses lunettes rondes. Une sorte de gentillesse émanait de lui ; il semblait naturellement faire partie des bienveillants. Elle, c'était une grande femme longue avec un cou d'aigrette, aigrette dont elle avait ce soir-là la coiffe puisque sa tête était ornée d'un petit chapeau à plumes. Silencieuse, elle sourit et donna son gilet et son chapeau.

« Tu mets les vêtements dans le dressing, chéri », ordonna ma mère à son mari qui obéit comme un petit soldat.

On entendit alors un grand bruit dans l'escalier et tante Juliette dévala les marches… sur le derrière. Elle éclata de rire, s'excusa et montra le talon de sa chaussure : cassé !

—Tu aurais pu te faire mal, Juliette, dit la femme du maire. Enfin, tu n'as pas changé ! Toujours aussi espiègle !

Elles tombèrent dans les bras l'une de l'autre.

La porte était encore entrouverte et deux autres couples arrivèrent : Madame le Docteur et son mari, elle semblable à une grande dame accompagnée de son grand chien. Elle le devança résolument, sûre d'elle. Il la suivait religieusement[i]. Il était beau et grand ; elle était belle et grande. On disait d'eux que c'était un beau couple. Monsieur et Madame de Joq se présentèrent ensuite. Madame de Joq, Germinia de son prénom, était la meilleure amie de ma mère. Elle élevait ses quatre enfants. Monsieur de Joq était rentier. Bedonnant et bon vivant, il parlait fort et manifestait souvent sa bonne humeur dans de grands éclats de rire, presque chevalins. Elle, elle ressemblait beaucoup à ma mère. Juste avant que la porte ne se ferme apparut un homme seul. Grand, élancé, la tête rasée, il afficha un grand sourire en apercevant tante Juliette.

—Bonjour Germain, dit ma mère ! Vous avez pu venir ! Quelle joie de vous revoir. Je suis sûre que notre Juliette en est aussi ravie que moi. Après cette pêche miraculeuse !

Tante Juliette ouvrit de grands yeux, me regarda : je compris à cet instant la situation !

Germain, car il s'agissait effectivement de lui, prit un air étonné mais salua chacun d'entre nous, me glissa un « enchanté de faire ta connaissance » qui me fit trembler sous le regard interrogateur de mon père qui se tourna vers sa tante en haussant les sourcils.

L'apéritif se déroula au mieux. Chacun joua parfaitement son rôle. Ma mère savait recevoir. Ils entamèrent un ballet bien rodé de service : amuse-gueules, apéritifs, à grand renfort d'amabilité, de relance de la conversation. Les invités semblaient ravis et dégustaient avec des petits cris de gourmandise, aussi bien le guacamole de Marie que les samoussas de tante Juliette. Tante Juliette ? Elle fut remarquable ! Posée, très prévenante, elle avait mis quatre personnes entre elle et Germain et discutait surtout avec Janine, la femme du maire. Elles semblaient bien se connaître et parfois se chuchotaient à l'oreille ce qui pouvait passer pour des confidences très personnelles, car elles se mettaient alors à rire ou à écarquiller les yeux.

Un coup d'œil sec de ma mère m'expédia à la cuisine et je laissai à chacun le privilège de manger en bonne compagnie.

Chapitre 13

Le lendemain, tout était rangé, propre et net. Ma mère avait mis son tablier et je la trouvai à la cuisine où elle m'annonça :

—Bon, tante Juliette va partir. Elle a trouvé une maison. Ce sera mieux pour tout le monde.

Pourquoi, mieux pour tout le monde ? Je trouvai pourtant que depuis que tante Juliette était là, la maison était plus joyeuse, mon père plus détendu et même ma mère moins angoissée. Que s'était-il passé hier soir ?

Je risquai une question.

Ma mère se retourna :

—Ce ne sont pas tes affaires ! Tante Juliette fait ce qu'elle veut mais elle le fait chez elle ! Pas chez nous !

Je n'en saurais pas plus.

Alors, je pris son vélo et filai au bord de la mer. Il faisait beau, la marée était haute et j'entendis des rires et des chants. Je m'approchai et découvris tante Juliette et Georges. Ils étaient allongés sur des plaids et chantaient, main dans la main. Je m'assis auprès d'eux :

—Alors, tante Juliette, tu quittes la maison ?

—Oui, mais je ne serai pas loin ! Je vais habiter la maison du parc, la maison aux volets bleus ! Tu viendras chez moi, bien sûr. Je l'ai bien arrangée maintenant et tu pourras même y dormir. Tu sais, il faut parfois s'éloigner pour se faire comprendre. J'ai vécu ici une histoire difficile et certaines personnes m'en veulent beaucoup alors que je n'y suis pour rien.

J'étais abasourdi. Mais j'osai demander :

—Qu'est-ce qui s'est passé, tante Juliette ?

—Je te raconterai cela plus tard. Regarde comme la mer est belle, regarde la lumière sur la côte. N'est-ce pas magnifique ? Rien ne doit troubler cet instant. Profite de ce moment, Jérémy. Le passé est le passé. Je te promets que je t'en parlerai mais il est important de vivre le présent !

Je me tus, un peu vexé de ne pas avoir toute l'attention de tante Juliette. Je contemplai la plage et j'en saisis alors toute la magie ! Mer et ciel se confondaient en une palette de bleus et de mauves. L'ocre du sable se mêlait à l'eau et ensemble ils façonnaient des boucles d'encre et de miel. Pas un souffle de vent ; la musique douce d'une mer qui peu à peu reprend ses droits sur la terre. Un instant suspendu que je partageai avec eux.

Mais bientôt je m'interrogeai : cette maison aux volets bleus toujours fermée, certains disaient qu'elle était maudite ! Même mes copains, quand ils passaient devant, traversaient la rue. Ils disaient qu'il s'était passé quelque chose il y a longtemps mais ils n'en savaient pas plus. Superstition ? Tante Juliette ne semblait pas s'en inquiéter. Qu'avait-elle vécu de si difficile qui l'empêchât d'en parler librement ? Et pourquoi certains lui en voulaient de cette histoire ? Est-ce que c'était lié à cette maison ? Alors pourquoi allait-elle y habiter ?

Chapitre 14

Fin de l'été. Dans une semaine, il y aurait la fête annuelle. Pour l'occasion, le maire avait invité tout le monde… chez tante Juliette ! Des affiches avaient fleuri partout et des invitations étaient arrivées dans toutes les boîtes aux lettres. Au marché, le dimanche matin, c'était le sujet de conversation ! Entre deux aubergines et trois ignames, au milieu des balaous et des tanches :

—Vous avez reçu votre invitation ?

—Jacques ne veut pas y aller. Tu te rends compte, il ne peut pas y aller. C'était quand même son cousin !

—Nous, nous irons ; Je veux voir comment elle a aménagé la maison.

—Je me demande quand même pourquoi elle a invité tout le monde.

—Oh, elle veut faire sa grande dame, répondit celle-là.

—Il paraît qu'elle a reçu des lettres anonymes quand elle était chez son neveu. C'est vrai ? s'informa cet autre auprès de ma mère qui détourna le regard puis répondit :

—Le maire lui a demandé si c'était possible de faire le banquet chez elle ; il y a des travaux sur la place. Elle a trouvé que c'était une bonne idée.

—Ça fait bien des dépenses ! Elle est si riche que ça ? Comment elle a dû gagner cet argent, on n'en sait rien, dit une mauvaise langue.

—Mais c'est pas elle qui paie, allons, et puis c'est un canari contré, rétorqua une autre.

Dans toute communauté, il y a des commères, des gens étroits d'esprit qui voient le mal partout. Tante Clarisse appelle cela un bouillon de culture. Elle m'expliqua que le bouillon bout et les jalousies débordent. Certains règlent ainsi des comptes ancestraux dont personne ne connaît les tenants et aboutissants. Se diffusent rumeurs et calomnies et le résultat est toujours plus haineux. J'écoutais ; je regardais ma mère quelque peu gênée mais qui hochait la tête.

Au retour, nous étions côte à côte, en silence. Je sentais bien que ma mère hésitait entre fureur et résignation. Et elle ne me dit rien. Je me dis que les adultes devraient parler davantage.

Jour J. Il avait été convenu que chacun apporterait quelque chose : plat, boisson, musique… Un temps de partage, de joie et de réconciliation, avait écrit monsieur le Maire sur l'invitation. J'étais venu vers huit heures du matin avec tante Clarisse et oncle Jules pour aider tante Juliette à préparer la maison. Les services techniques de la mairie avaient installé des tentes autour du flamboyant en fleurs et disposé tables et bancs. Il restait à mettre des nappes, à organiser le buffet, à décorer les lieux. C'est tante Clarisse qui s'en chargea avec la femme du maire. Elles étaient venues avec des brassées d'alpinias rouges et roses ainsi que de feuillages de croton. Avec les nappes blanches, ce serait superbe. Ma mère, elle, avait rendez-vous chez son coiffeur. Elle ne pouvait pas participer à la préparation. Oh, elle en était désolée mais elle devait se faire coiffer. Mon père, lui, était pris par son travail.

La bonne humeur régnait chez tante Juliette. La maison aux volets bleus était tout ouverte : en sortait un air de trompette entraînant et la valse des gens venus donner un coup de main. Le mari du docteur, l'épouse du Maire, la femme de l'épicier et quelques pêcheurs étaient présents. Chacun s'activait et bientôt, tout fut prêt. Heureusement car c'était l'heure de la messe.

Dans ce pays, il existe encore de nombreuses fêtes de village. Elles sont dédiées à leur saint protecteur : République et Eglise font bon ménage. Ici, on fête saint Jean-Eudes et le père Mouchy présenta la vie de ce saint patron. On le soupçonna de mettre l'accent sur ce qui manquait à ses paroissiens : charité, amour de l'autre et tolérance. En effet, il expliqua que saint Jean Eudes avait fondé la congrégation de Jésus et Marie, congrégation qui œuvrera pour la prise en charge des filles repenties. Cette expression m'interpela. Pourquoi parlait-on seulement des filles alors que chaque être humain commet des fautes et qu'il passe son temps à les regretter ?

Mais il fut bientôt l'heure de nourritures moins spirituelles, mais peut-être plus surprenantes. Comment allait-on tourner la page pour aller vers la réconciliation ainsi que l'avait souligné le père Mouchy et que le demandait monsieur le Maire ?

Dans son costume noir et blanc, l'écharpe tricolore en bandoulière, le maire arriva pour accueillir les habitants au portail. Bientôt, à ses côtés, vêtue d'une longue robe blanche, silencieuse mais souriante, se tint tante Juliette. Certains passaient rapidement en faisant un signe de tête, d'autres saluaient avec cérémonie, d'autres encore s'arrêtaient et échangeaient quelques mots. Quelques-uns, mais ils étaient peu nombreux, ignoraient tante Juliette et saluaient le maire ; elle relevait alors le menton d'un air fier. Comme dit oncle Jules, chacun s'était mis sur son 31, une expression que je trouvais particulièrement mystérieuse à ce moment. On s'installa sous les tentes. Monsieur le maire alla faire son discours. Il se racla un peu la gorge et commença :

—Mes chers amis, nous voici réunis pour notre fête patronale. Quel bonheur de vous voir tous rassemblés ! Il a fallu pour cela la gentillesse de notre hôtesse Juliette qui a permis qu'on s'installe dans sa propriété. Merci Juliette. Je voudrais souligner combien j'apprécie son retour. Le passé a resurgi pour certains d'entre vous mais chacun sait, au fond de soi, que la situation a été réglée en temps et en heure et surtout en toute justice. Alors je demande à chacun d'entre vous de le comprendre ou de quitter notre assemblée.

Il se fit un grand silence que le maire prolongea. Chacun se regarda ; certains baissèrent les yeux mais personne n'osa se lever et partir.

—Bon, alors, nous allons applaudir Juliette et que la fête commence !

Que dire de cette fête ? Qu'elle fut réussie ! Les plats et les bouteilles se succédaient, les gens riaient, se parlaient. Ils avaient même dansé. Tante Juliette virevoltait de table en table, s'asseyait pour discuter un peu et même si parfois un regard sombre l'accueillait, elle ne s'en occupait pas et poursuivait son chemin. Et puis, il y eut un grand moment : monsieur Zami prit une guitare et tante Juliette chanta une chanson un peu triste qui parlait d'amour et de chagrin, de départ et d'adieux mais aussi d'espoir et de liberté. Puis le père Mouchy et oncle Jules les rejoignirent et ensemble ils reprirent des chansons de marins. Leurs yeux brillaient de cette joie indicible qu'apporte l'amitié partagée. Ils se regardaient tous les quatre et semblaient seuls au monde, comme complices d'un temps passé.

Chacun reprit les refrains connus et la fête se poursuivit tard dans la nuit, au son du ka ou de la corne à lambi.

Les apparences ! C'est ce qu'avait dit ma mère en rentrant : « Méfions-nous des apparences ». Elle ne croyait pas à ce qu'elle avait vu, la joie, l'oubli du passé. Moi, j'étais bien naïf. J'avais tellement ri toute cette journée, couru dans le parc avec mes amis, mangé jusqu'à plus faim. Et tante Juliette semblait si heureuse. Et le village semblait apaisé, uni dans un même élan de sympathie.

Un absent cependant : Georges. Il était en déplacement, répondit tante Juliette quand je lui posai la question.

Chapitre 15

Au mois de septembre, les jours raccourcissaient mais, comme le disait en riant oncle Jules, on allait retrouver un peu de calme : les touristes seraient partis, les enfants à l'école et les adultes au travail ! Je riais aussi en pensant que lui ne travaillait plus !

Aux Antilles, il n'y a que deux saisons : l'hivernage et le Carême, une saison humide et une saison sèche. Comme l'avait expliqué monsieur Chicot, cela venait du fait que les Antilles se situent tout près de l'équateur, en dessous du tropique du cancer. C'est un décalage de latitude. Rien à voir avec le décalage horaire qui est une question de longitude. Cela m'intriguait fortement : la terre était ronde ; elle n'avait donc ni largeur, ni longueur. Alors pourquoi latitude et longitude ?

Les pêcheurs rentraient chargés de dorades et de poissons rouges. Les étals regorgeaient de poisson frais. Quelques rares langoustes gisaient sur des lits d'algues brunes. Et ça sentait la mer, la vivante, la douce ou la méchante, celle qui rythmait le quotidien par ses caprices. Dans le port, les saintoises étaient lavées à grande eau par les matelots.

Parfois, je me disais que partir en mer, comme je l'avais fait l'autre jour avec tante Juliette et Georges, c'était bien agréable. Et puis, à la saison des tempêtes, quand je savais les pêcheurs en mer, je tremblais pour eux et me réjouissais d'être dans mon lit. C'était un dur métier ! Le père de Victor était pêcheur. Chaque jour, il prenait la mer toujours très tôt le matin et quelle que soit la météo. Il allait pêcher au large des côtes d'Antigua. Il faisait nuit, il faisait froid parfois. Il fallait faire les manœuvres, affronter les creux sombres de l'Atlantique et le vent. Il fallait aussi crier pour se faire entendre, se courber pour pouvoir se déplacer et travailler en équilibre en supportant les odeurs de graisse et de gasoil. Il fallait aussi affronter les autres pêcheurs qui partageaient la zone.

Avec Victor, nous arpentions à vélo les routes de la région entre deux champs de canne. Le paysage changeait à chaque saison : quand la canne venait d'être plantée, c'était plat et on voyait la mer. Quand elle était haute, juste avant la récolte de février ou mars, on roulait entre des murailles de tiges. Nous allions avec délice, cheveux au vent, même si, parce que c'était la saison, nous redoutions tous deux les cyclones qui pouvaient fondre sur notre pays. Cette année-là, nous fûmes épargnés.

Tante Juliette s'activait et j'allais souvent la voir. Elle habitait avec Georges et je découvris chez ce géant l'âme d'un artiste. Un jour, je passais devant la maison aux volets bleus. Elle était inondée de soleil et de piano. J'activai la cloche et le portail s'entrebâilla. J'entrai dans la maison. Un calme absolu. Un monde à part. Et cet air de piano, léger, aérien et mélodieux. Je n'osai appeler, de peur de rompre le charme. Tante Juliette apparut et m'accueillit comme un prince : un goûter délicieux, juste une barre de chocolat et une belle tranche de pain. L'air s'était arrêté et Georges entra dans la cuisine.

—Salut Jérem. Tu aimes le piano ? Alors viens, je vais te montrer.

J'avais passé une heure devant l'instrument, désespérant de créer, à mon tour, l'harmonie d'une mélodie. Mais Georges avait promis de m'apprendre.

Chapitre 16

A la rentrée, je passai en 5ème, dans la même classe que Victor.

Victor, c'était mon ami. Nous avions, comme le disait le dictionnaire, une harmonie de goûts et de pensées, des affinités. Nous aimions tous les deux le chocolat, les vacances, les mots, monsieur Zami et trouvions toujours des ressemblances entre les gens et les animaux. Nous pensions tous les deux que monsieur Roberto était une peau de vache, que la principale ressemblait à une chouette et que tante Juliette était belle. Nous estimions aussi que le monde était parfois injuste, qu'il fallait limiter nos déchets pour préserver la planète et nous haïssions la violence. Respecter le monde et les autres. Et soi-même, comme nous l'avait fait comprendre l'infirmière. Le respect des autres et de soi, avait dit monsieur Zami. D'où l'absolue nécessité de dire bonjour et de se laver les oreilles, entre autres choses, avions-nous conclu.

A la rentrée, mon père m'accompagna. Ma mère avait un rendez-vous professionnel :

elle avait décidé de travailler. Nous étions côte à côte dans la grande salle du collège. Face à nous, une estrade, vide ; à côté de nous, tous les élèves de 5ème et leurs parents. « Présence des parents obligatoire », avait dit le courrier qu'on avait reçu. Devant, des professeurs.

Arriva l'équipe de direction. La principale avait revêtu une tenue très colorée, genre chouette-perroquet d'Amérique du Sud. Un monsieur inconnu l'accompagnait : vêtu de noir, il ressemblait au corbeau de la fable de La Fontaine, raide, l'air sûr de lui. Suivait monsieur Zami : il avait assorti ses bretelles violettes à un nœud papillon mauve à pois noirs. Quelle élégance ! Nous avions beau chercher, monsieur Zami était un humain sans modèle animal. Les conversations se turent et la principale prit la parole :

—Bienvenue à tous. Pour ceux qui ne le savent pas, je suis madame Choupette, le principal du collège. (Quelques rires discrets : elle ressemblait vraiment à une chouette ! Choupette, chouette, c'était presque pareil) C'est la rentrée ; une nouvelle année commence. Ici, c'est un lieu d'apprentissage. On n'y fait pas n'importe quoi.

On y apprend ce qui va permettre de construire sa vie. On y respecte la loi et les règlements.

Je me pris à rêver que c'était encore les vacances.

Je n'entendais que quelques bribes : « Règlement Intérieur » ; « à l'heure » ; « comportement ». Et soudain la phrase attendue ; « Et ceux qui se manifestent auront à voir de quel bois je me chauffe ! » Nous avions déjà entendu ça quelque part, pensai-je en cherchant Victor du regard. Alors j'écoutai la suite.

—Vous devez aussi effectuer le travail demandé par vos professeurs. Ils sont là pour vous aider et je sais qu'ils sont tous sérieux et conscients de leurs responsabilités. Je vais vous les présenter mais avant, voici monsieur Louvois, le principal adjoint, qui arrive d'Australie. Et tout le monde connaît monsieur Zami, le Conseiller Principal d'Education. Alors je demande aux professeurs de me rejoindre.

Les deux premiers rangs se vidèrent peu à peu et… c'est là que je vis… tante Juliette ! Tante Juliette, professeure ? De quoi ? Mon père sourit dans sa moustache ! Il le savait, lui ! Et en plus, elle était ma professeure principale !

Nous partîmes en salle avec elle, laissant là madame Choupette et son discours. Les parents restèrent pour écouter un sociologue de l'éducation, monsieur Reduc. Qu'est-ce qu'un sociologue de l'éducation ?

En classe, je découvris une autre tante Juliette. D'abord, elle avait quitté ses habits de marin et sa belle robe blanche. Elle portait un pantalon beige et une blouse écrue. Pas de casquette sur la tête mais une coupe courte avec des mèches blondes. Elle nous précéda en souriant et dit qu'avant de s'asseoir, il fallait aménager la salle, « comme ça, comme ça et comme ça », dit-elle en nous aidant à le faire. Un peu de chahut pour installer tables et chaises et nous voilà autour de notre nouveau professeur d'histoire. Puis elle se présenta et demanda à chacun d'entre nous de faire de même. Ensuite, elle nous interrogea sur ce qu'était pour nous l'Histoire, avec une grand H, ajouta-t-elle. Nous étions bien embarrassés et je n'avais pas mon dictionnaire.

Alors, elle dit :

—On dit que l'histoire est l'étude et l'écriture des faits et événements passés. C'est vrai. Mais c'est surtout la possibilité qui nous est offerte de comprendre notre époque. Car nous ne venons pas de nulle part, nous sommes faits de notre passé, que nous soyons un être humain, un peuple, une communauté. Ainsi, c'est ce que nous découvrirons au travers de documents : des récits, des films, des schémas, entre autres choses. Nous visiterons le passé, en particulier deux époques essentielles de notre civilisation, le XVIIIème siècle, siècle des Lumières, et le XIXème, siècle de l'âge industriel mais aussi de l'essor des colonies. En géographie, nous parlerons d'un sujet très important : la mondialisation. La mondialisation, c'est le fait que tous les pays dépendent les uns des autres au niveau commercial surtout mais aussi politique. Nous verrons que cela ne va pas sans conséquences. En éducation morale et civique, ce sera la liberté et le droit. Tout cela concerne les femmes et les hommes que vous êtes en train de devenir grâce à l'école et à votre famille. Car il y a bien des pays encore où les enfants ne vont pas à l'école, surtout quand ce sont des filles. Réfléchissons-y deux minutes.

Silence. Tante Juliette avait dit deux minutes. Elle venait de semer une petite graine et déjà nous avions hâte de commencer.

Chapitre 17

Les premières semaines de cette année scolaire furent plutôt agréables. Hormis monsieur Chicot, je retrouvai tous mes professeurs. Seule déception : monsieur Roberto en EPS ! Cela promettait un certain nombre de problèmes à gérer, un spécimen redoutable doublé d'une peau de vache n'étant pas très « enclin à favoriser l'épanouissement des élèves », avait dit tante Juliette, en parlant « en général, bien sûr ! » Je compris que monsieur Roberto n'avait pas envie que ses élèves passent une bonne année scolaire.

A la maison, le train-train avait repris. J'étais toujours fils unique, mes parents n'avaient pas changé, ils étaient toujours aussi distants, peut-être davantage depuis que ma mère travaillait ! Et les dimanches se suivaient et se ressemblaient sauf en ce qui concernait le dessert qui n'était plus un chaudo et un gâteau fouetté mais un marbré avec un sorbet coco. Tante Juliette venait parfois le partager avec nous et elle faisait de ces repas des moments magiques. Soufflait alors un vent de liberté ! Mon père arrivait à sourire ; ma mère prenait le temps de s'asseoir entre deux plats. Oncle Jules ne piquait plus du nez. Et tante Clarisse sentait toujours aussi bon. A croire que tante Juliette était effectivement une fée. Elle nous avait invités un samedi après la messe. Elle voulait réunir quelques amis et les remercier pour tout. Que penser de ce tout ? Tout quoi ? Et puis, elle avait une nouvelle à leur annoncer. Mes parents avaient marqué un temps d'arrêt mais accepté l'invitation. Il y aurait oncle Jules et tante Clarisse.

Samedi arriva, nous allâmes chez tante Juliette. Elle avait dit tenue décontractée. Mon père avait répondu à la commande. Ma mère, elle, s'était changée trois fois et opta pour un jean et un chemisier. Moi, j'étais toujours habillé pareil ; seules changeaient les couleurs et encore, c'étaient toujours les mêmes tons éteints et tristes.

Quelques centaines de mètres à faire à pied et nous voilà dans le parc.

Le flamboyant avait perdu ses étoiles écarlates mais les cocotiers étaient chargés de cocos. Il y avait même du mouvement à leur tête : un paquet de coco descendit lentement au bout d'une corde et l'on vit une silhouette d'homme qui s'activait. Tante Juliette nous fit entrer, tout sourire. Elle embrassa affectueusement son neveu, fit de même avec ma mère qui eut un léger mouvement de recul. Elle n'aimait pas qu'on la touche, qu'on la serre, qu'on entre dans ses un mètre vingt, sa zone de sécurité comme je l'avais vu avec monsieur Roberto. Moi, j'aurais bien aimé être pressé contre la belle tante Juliette, humer son odeur, sentir sa peau douce, sa poitrine confortable ; je voulais bien tout cela. Oncle Jules et tante Clarisse étaient déjà là. Le maire et madame étaient arrivés juste avant eux. Ils attendaient encore un invité, dit tante Juliette. Nous nous installâmes dans le salon confortable. De profonds fauteuils en cuir, d'autres plus légers, recouverts d'un tissu à larges fleurs. Plusieurs petites tables en bois doré, des verres taillés, une pile d'assiettes fleuries et des couverts précieux. Un carrelage qui sentait bon le propre. Au mur, des portraits. Des hommes, des femmes, séparément, ensemble. Qui étaient-ils ? Personne ne semblait s'en soucier. Mon père s'approcha cependant d'une photo de groupe :

—Tu as toujours cette vieille photo ?

—Quelle photo ? Ah, celle-ci. Tu sais qui sont ces gens ?

— Non ; je connais cette photo pour avoir vu la même chez ma mère.

—Ce sont tous nos amis. Là il y a Julie et Franck, Germain, Georges et moi et quelques autres qui ne me saluent plus !

Une sorte de trouble s'installa dans la pièce.

Un pas résonna alors dans le hall et apparut Georges. Tante Juliette se leva pour l'accueillir et Georges passa un bras autour de sa taille. Ils s'embrassèrent tendrement. Je sentis que quelque chose n'allait pas pourtant. Tante Clarisse ne sourit plus, Mon père sembla s'interroger. Oncle Jules s'était déjà évadé dans son monde.

—Voyons, dit tante Juliette. Enterrons le passé. Nous n'avons rien fait. Nous nous aimions, c'est tout. Franck a choisi, hélas !

Mon père s'approcha de Georges et lui serra la main. Puis ils s'embrassèrent et je crus voir quelques larmes dans leurs yeux. Je n'en compris pas la raison. Ma mère leva ses sourcils arqués et prit son air de mangouste étonnée. Tante Clarisse sourit enfin et oncle Jules se redressa dans son fauteuil.

Et même si ce fut une bonne soirée, même si tante Juliette parvint encore une fois à créer une belle atmosphère de légèreté et de gaîté, je n'en profitai pas pleinement : j'étais ailleurs car je redoutais la vérité qui se dessinait ; je craignais que tout s'arrête et que tout disparaisse.

Mon père et ma mère rirent pourtant des blagues d'oncle Jules et se regardèrent avec un peu plus de tendresse. Tante Clarisse aida tante Juliette à apporter les plats avec son éternel sourire. Et le maire lui-même se prit à plaisanter. Son épouse et tante Juliette firent parfois quelques messes basses : leurs têtes se touchaient alors et quand elles les relevaient, elles regardaient tendrement Georges. C'était un moment de liberté où l'on semblait oublier le passé.

De retour à la maison, ce fut le silence. A ma question : qu'est-ce qui s'est passé avec Georges, mon père répondit que c'était une vieille histoire. Ma mère insista :

—Que s'est-il passé ? Et Franck, c'est qui ?

—Je t'expliquerai plus tard, dit son époux d'un air mystérieux.

Alors je compris que je ne saurais rien de plus aujourd'hui, ni plus tard, ni jamais, pensai-je. Je me dis que le monde des adultes recelait bien des secrets. Et je me demandai pourquoi on n'en disait pas plus aux enfants.

Chapitre 18

Le 20 octobre, je partis en voyage culturel et linguistique. Mes parents m'emmenèrent devant l'école primaire ; nous prendrions l'avion pour Paris puis irions à Londres en Eurostar. J'étais tout excité : jamais je n'avais pris l'avion ni le tunnel sous la Manche. Bien sûr, ma mère répéta : il a peur de tout, ce petit. Mais je me rendis compte que c'était elle qui avait peur. Elle avait méticuleusement préparé ma valise : pantalons, tee-shirts, sweet-shirts, pull-over- il faisait froid là-bas-, un K-way, - il pleuvait tout le temps là-bas-, une tonne de chaussettes et de caleçons, des bottes. Tu pars pour quinze jours et on ne sait jamais ! Plein de recommandations aussi : on ne mange pas bien en Angleterre mais il ne faut pas être impoli et goûter à tout. Ne pas faire le malin non plus : on est à l'étranger ! Et à l'étranger, avait dit mon père, on représente notre pays ; on est correct. Correct, ça veut dire quoi ? On verrait avec les autres mais j'avais bien l'intention de représenter mon pays et d'être correct.

La veille, tante Juliette était passée à la maison et m'avait glissé une enveloppe dans la main. Puis elle m'avait serré dans ses bras, très fort. « Tu verras dans l'avion. Surtout ne l'ouvre pas avant ! »

A l'aéroport, c'était l'heure des adieux et des dernières recommandations. Chose étonnante, ma mère m'étreignit tendrement, mon père m'ébouriffa les cheveux ! Je retrouvai Victor et mes copains de classe. Certains avaient les yeux rouges. Ils avaient pleuré. Il faut dire que, pour la plupart d'entre eux, c'était la première fois qu'ils quittaient leur famille. Nous allions vivre ensemble pendant quinze jours et c'était un peu l'aventure. Je m'étais fait la réflexion suivante : l'aventure, c'est l'inconnu ; et l'inconnu, ce qu'on ne peut prévoir, qu'on ne peut comprendre puisqu'on ne le connaît pas. J'en étais arrivé à me dire que c'était à la fois inquiétant, à la fois, source d'une certaine excitation.

Dans la salle d'embarquement, la tristesse faisait encore renifler certains de mes camarades qui n'avaient jamais quitté leur île. Alors, monsieur Taylor, car c'est lui qui nous accompagnait avec monsieur Zami, entonna une chanson entraînante :

« It's a long way to Tipperary, it's a long way to go…" que nous reprîmes en chœur car monsieur Taylor n'était pas seulement un passionné de foot, il aimait aussi les chants militaires.

Aéroport d'Orly. Le voyage s'était bien passé même si certains avaient eu du mal à dormir. Nous avions survolé l'Atlantique. Incroyable ! J'avais pensé que nous étions chanceux alors, pas question d'avoir peur ! Un bus nous emmena à la gare du Nord. Tous les yeux étaient braqués sur l'extérieur. Paris, la capitale de la France ! Paris et ses monuments, son temps incertain aussi : il pleuvait. Où donc était notre soleil ?

A la gare, une foule compacte s'activait, se heurtait, se bousculait, soupirait, râlait et finit par nous emporter à l'embarquement où nous échouâmes, comme après un passage dans une machine à laver. Nous étions donc lessivés mais monsieur Zami nous rassura. Dans le train, j'étais assis à côté d'une fille de 4ème, Ivana, qui semblait terrorisée à l'idée de passer sous la Manche. J'étais un peu anxieux aussi mais je lui dis qu'il fallait faire confiance à la technique et aux ingénieurs. Il n'y avait jamais eu d'accident. C'était plus dangereux de monter en voiture avec un inconnu ou même avec mon oncle Jules qui, disait mon père, conduisait comme un pied. C'est le discours que je tins à Ivana tandis qu'elle me broyait la main.

—Saint Pancras, annonça une voix.

Un homme nous attendait. Nous montâmes dans un bus pour rejoindre le collège qui nous hébergeait. Il était situé en plein centre de Londres. Sa façade en briques rouges, ses hautes fenêtres blanches à petits carreaux en faisait un bâtiment imposant. L'intérieur était plus accueillant, d'autant qu'un repas nous attendait dans le réfectoire : un sandwich de pain de mie et une pomme. Ça commençait bien ! Monsieur Zami nous rassura en disant que nous pourrions nous restaurer davantage plus tard. Quand ? Nul ne le savait. Puis nous partîmes à la découverte de Londres. Le soir, chacun d'entre nous était épuisé, les oreilles pleines d'une langue barbare que nous ne reconnaissions pas. Madame Lordy avait traduit la visite de la Tour de Londres et pendant deux heures et demie, nous avions arpenté ce bâtiment qui n'avait pas qu'une seule tour mais plein de tours !

Ce n'est que dans la chambre que je partageais avec Victor que je pensai à l'enveloppe de tante Juliette. Je la retrouvai dans la poche de son blouson, l'ouvris et découvris d'abord un médaillon puis une courte lettre :

« Jérémy,

A ton retour, je ne serai plus là. J'ai décidé de repartir au Kenya. Je sens bien qu'ici n'est pas ma place. Le passé est encore trop présent : lors d'une fête, un de nos amis, Franck, s'est tué. C'était dans la maison aux volets bleus, Franck m'aimait mais moi, j'aimais Georges. Franck ne l'a pas supporté. Alors on nous en a voulu. L'histoire est toujours douloureuse. On ne meurt pas à dix-sept ans.

J'ai été ravie de te rencontrer. Dans ce médaillon qui a appartenu à ma sœur, ta grand-mère, tu trouveras notre adresse. Je t'attends quand tu veux.

Georges et moi nous t'embrassons.

Juliette »

La stupeur me saisit, je serrai les poings pour contenir ma rage. Tante Juliette ne se sentait pas chez elle dans son propre pays. J'avais bien vu les regards scandalisés de certains, entendu les paroles soupçonneuses d'autres mais la fête alors ? Nous étions tous si bien ! Il y avait une telle chaleur !

Ma mère avait raison. Les apparences ! Le monde était bien cruel, les gens, bien méchants. Comment pouvait-on vivre avec l'esprit de vengeance ? Il me semblait qu'à chaque étape de la vie, on devait faire le ménage, oublier le passé. Parfois, cela se faisait même tout seul. On devait oublier la tristesse, le malheur afin de continuer à vivre ; et ne garder que l'essentiel, ce qui fait avancer, ce sur quoi l'on s'appuie pour grandir. Je pleurai silencieusement, sans parvenir à m'endormir.

Les jours suivants passèrent sans que je les voie. Le monde s'était écroulé avec le départ de tante Juliette. Je ne vis rien de Londres. Le voyage s'éternisa puisqu'au retour, l'avion dut se poser en Martinique et nous ne repartîmes que le matin très tôt.

Chapitre 19

La maman de Victor me déposa devant la porte. Il était sept heures et demie. Nous avions attendu toute la nuit dans l'aéroport en Martinique si bien que nous n'avions fait qu'entrevoir l'île-sœur. J'étais fatigué. Quand j'entrai à la maison, tout était silencieux. Au salon, des verres sales traînaient un peu partout ; les petits plats et les grands gisaient sur la table de la salle à manger et je vis même des serviettes par terre ; quelques bouteilles vides trônaient sur le buffet et des restes de nourriture jonchaient la nappe. Que s'était-il passé ? Pourquoi ma mère, si ordonnée, n'avait-elle pas rangé comme elle le faisait d'habitude. A huit heures, toujours personne ! De plus en plus surprenant !

J'enfourchai mon vélo et allai me promener au bord de la mer. Il faisait bon. Assis sur la plage, je contemplai le paysage : une mer où l'émeraude se mêlait au saphir, et qui venait lécher calmement le sable blond. Un soleil encore doux qui piquerait la peau au plus fort de la journée. Une lumière légèrement rosée. Un petit vent qui berçait les palmes hautes des cocotiers. N'était-ce pas un endroit paradisiaque ? Le Kenya était-il aussi beau ?

Des gens. Certains couraient sur la plage, d'autres marchaient ou faisaient de la gymnastique. J'observai cette activité avec bonheur, humant l'air de ce samedi matin. On était bien ici ! Il y avait des lieux magnifiques, des traditions ancrées dans la culture, des gens accueillants et solidaires lors des coups du sort. Pourtant je me dis que c'étaient encore une question d'apparences : mon pays n'était pas sans problème. Il était marqué par l'histoire cruelle de l'esclavage. Comment aurais-je réagi si on m'avait mis les chaînes aux pieds ? Victor aurait-il été mon maître ? Alors, c'était comme cela, la vie : des hommes violents et injustes les uns avec les autres ? Le présent non plus n'était pas toujours simple : les crises succédaient aux crises ; rien n'était jamais gagné.

Soudain, j'aperçus une masse sombre qui bougeait et j'entendis un soupir d'aise. Une forme surgit d'une couverture, s'étira, offrant au soleil levant un visage éclatant. Ma mère ! A côté d'elle, un autre corps, puis un autre encore et encore un plus loin ! Ils étaient cinq ou six, tels des phoques échoués et je vis bientôt quelques figures chiffonnées. Je n'en crus pas mes yeux !

Ma mère vint vers moi, me sourit et dit :

—Tiens tu es là, toi ! Je croyais que tu arrivais demain ! Viens que je t'embrasse ! Nous avons fait une expérience intéressante ! Dormir à la belle étoile ! Une bonne idée, n'est-ce-pas chéri, ajouta-t-elle en direction de mon père.

Celui-ci écarquilla les yeux, haussa les sourcils, ouvrit grand la bouche. Sa moustache était en accent grave d'un côté et en virgule de l'autre. Puis il partit d'un grand éclat de rire ce qui finit de réveiller l'ensemble des dormeurs. Madame la docteure semblait réjouie, de même que son mari. Ils s'enlacèrent un instant et se tournèrent vers le soleil. Monsieur et madame de Joq apparurent, regardèrent autour d'eux, un peu surpris. Mais ma mère sourit alors à Germinia qui l'embrassa et lui glissa quelques mots à l'oreille. Elle tapa ensuite dans ses mains et annonça :

—A la maison vous tous, on range puis on se tape un méga petit déjeuner !

Il me sembla qu'elle me regardait avec un peu plus d'amour et que ses yeux pétillaient de joie ! Les adultes étaient décidément bien bizarres.

A la maison, chacun s'activa. Le petit déjeuner fut un régal. Germinia avait acheté des croissants et du pain croustillant ; le mari de la Docteure avait cuit des pancakes – il était anglais- ; mon père des œufs brouillés ; ma mère avait sorti ses pots de confiture de goyave, de mangue et d'abricot-pays. Que se passait-il donc ?

Personne ne parla du départ de tante Juliette, comme si elle n'avait pas existé mais je sentis quand même ce qu'elle avait laissé : la spontanéité, la tendresse, la vie.

Chapitre 20

La Toussaint était arrivée. Les caveaux familiaux étaient comme neufs et les familles iraient mettre les bougies qui feraient des cimetières des lieux magiques, tout illuminés d'or et de rouge.

J'allai aider tante Clarisse qui s'activait à préparer les fleurs que l'on déposerait sur les tombes. Entrer dans sa boutique était un délice pour tous les sens. On poussait une porte vitrée qui faisait chanter un carillon cristallin. Une fraîcheur agréable et l'odeur si particulière des plantes vous enveloppaient. Et l'on plongeait dans un monde enchanté : des fleurs partout, posées, suspendues, des parfums qui se mêlaient les uns aux autres, des couleurs, surtout beaucoup de rouge ou de rose. Des fleurs de France étaient arrivées : chrysanthèmes, dahlias, fuchsias et quelques roses. Les alpinias se mariaient aux roses porcelaine et étalaient leur habit flamboyant sur les feuillages. Quelques anthuriums blancs réveillaient le tout. Les corolles multiples des orchidées se dressaient au cœur de ce jardin merveilleux. Moi, je préférais les étoiles de noël. Elles annonçaient une période festive et incontournable, quand les yeux brillent sous les lumières de Noël et que les gens se retrouvent pour chanter des cantiques dans un moment de partage et de chaleur humaine.

Je repensai à tante Juliette. Silencieuse aujourd'hui, elle avait marqué son passage chez nous. Je songeais à Franck qui n'avait pas supporté de ne pas être aimé d'elle, et à Georges qui avait cette chance. Comme je leur souhaitais d'être heureux ensemble ! Je caressais souvent le médaillon que je conservais dans ma poche. A l'intérieur, une photo et une adresse lointaine, bien trop lointaine.

Les volets bleus étaient clos et la maison n'avait connu que quelques journées de bonheur. Mais tante Juliette avait semé des graines de joie ! Un vent de liberté avait soufflé sur la petite ville qui s'ouvrait toujours sur l'océan, bravant embruns et rouleaux.

J'étais triste : j'avais compris que la vie n'est pas un rêve qui s'écoule sans heurts ni douleurs. J'avais changé, comme si j'avais grandi, comme si je comprenais mieux le monde.

Le bonheur était sûrement pour demain ! Arriverais-je un jour à lui ?

Merci à Lara et à mes deux Hélène d'être tou-

jours là pour moi,

Merci à JeanMa, compagnon invincible,

Merci à Isabelle et Nicole pour leurs précieuses

remarques.